병뚜껑만 한
행복을 줄게

병뚜껑만 한 행복을 줄게

작은 것에 환호하고, 별거 아닌 일에 하염없이 진지한
아이들의 와글와글 일상

글 · 그림 은쨍

RHK
알에이치코리아

차례

프롤로그 004

힙한 약속 010

유전의 신비 012

금지어 016

말이 짧아 018

가위바위보 지옥 022

국민의례 027

꽃의 이름은? 032

3살은 순진해 036

쉬야 어택 041

아동복의 신비 046

아이들은 담임을 닮는다 050

3살의 ○○하기 052

반대로 보이는 눈 058

머리 위 까치집 061

어디 있~게? 064

불편러 070

코피가 난 이유 073

유치원생의 가방에는 무엇이 있을까? 078

병원 놀이 082

벌레가 들어왔다 086

어쩌면 선생님은…. 092

스마트폰 중독 예방 교육 095

아이들과 여름 텃밭! 098

애기 때 102

발음 심쿵 포인트 104

추우면 ○○이 된다 107

가족 참여 수업 110

머리를 묶어보자 113

급식실 미스터리 118

급식실 미스터리 외전 124

눈치(1) 128

선생님의 말랑이 132

환자가 너무 많아 135

사랑이란(선생님편) 138

얘들아 일어나 142

바지 올려 147

우리 유치원이 좋은 이유 152

내 직업이 몇 개야 155

안경을 쓴 이유 160

티키타카 162

4살의 경제관념 166

3살의 판 뒤집기 171

우리 반에서 가장 귀여운 사람은?　　176

인스턴트 우정　　181

마인드 컨트롤　　186

내가 언제 그러랬어　　190

사랑이란(아이편)　　194

앞니 없는 어린이　　198

양치와 거짓말　　202

칭찬　　206

유치원의 점심시간　　211

○○ 있어요　　216

미운 3살　　220

동요 홀릭　　222

귀여운 동생　　228

공포의 카운트다운　　232

클레이 놀이　　236

지독한 슬픔　　243

그리워　　248

미용실 놀이　　252

눈치(2)　　255

여기 여기 붙어라　　257

○○○○는 안 돼!　　262

악의 없는 법규 267

쓰레기의 가치 272

3살의 야바위 278

동생의 이름은 283

유치원 교사 특징 286

아이들에게 들리는 소리 290

3초 논란 292

적당히는 어려워 298

선생님이 넘어졌다 304

셀프 차별 308

유연한 어린이들 311

4살의 종이접기 314

강아지 320

산타할아버지가 밤에 오시는 이유 324

물음표 살인마 329

핫팩의 온도 332

프러포즈 338

수료 342

유치원 기억 348

유치원 교사가 된 이유 354

초롱초롱 부자. 끝.

금지어

016

말이 짱아

가위바위보 지옥

(화이트보드에 그림을 그리고 싶어 다투는 어린이들)

그리고… 너는 사실 다른 친구들보다
5분 덜 하게 되었다는 이야기는

굳이 해주지 않는 선생님이었다….

끝.

アートだ

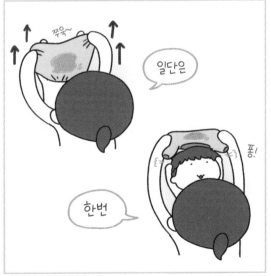

우와~!

이렇게 완벽한 대칭은 처음이야

- 여기서 팁! -

이 상황에서 아이의 글씨를 지적하면 아이가 민망해 하고 이후 글씨 쓰기를 주저할 수 있다. 바르게 쓰는 법을 보여주자.

선생님도 리아 이름 쓸 줄 알지~

이거 마자요~

슥

슥

반대로 쓰고도 칭찬받을 수 있는 나이. 끝.

어디 있~게?

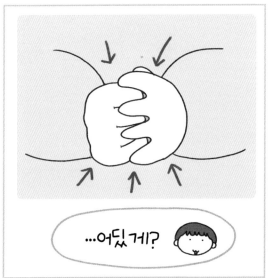

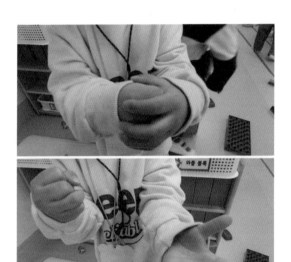

두 사진 모두 '어딨게?'를 시전하고 있는 모습입니다. 끝.

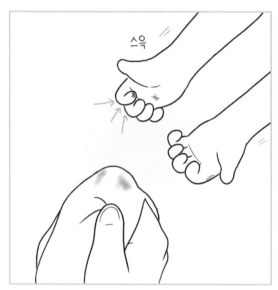

ㅋㅋㅋㅋ

머쓱…

아이들의 코 파기는 끝이 없다….

'그 행동'은 때와 장소를 가리지 않는다.

수업 시간

놀이 시간

(그 왁자지껄 속
고독한 후비적이 너무 웃김 ㅋㅋㅋ)

줄 설 때

유치원생의 가방에는 무엇이 있을까?

대학생의 가방 속엔

노트북과 전공서적

중고등학생의 가방 속엔

교과서와 문제집

초등학생의 가방 속엔

딱지, 안 먹은 우유

그리고 구겨진 가정통신문

그렇다면 유치원생의 가방 속엔

멍...

무엇이 있을까.

유치원생의 가방 속엔

물통, 그리고…

쉬야에 젖어버린

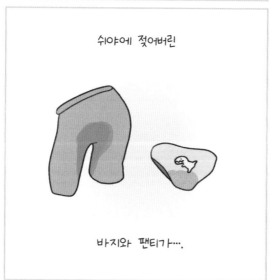

바지와 팬티가….

나는 지금 발치를 기다리고 있다.

병명은 감기였다.

바글
바글
바글

병 주고 병 주는 병원. 끝.

그 뒤로 되도록 벌레를 방생해주고 있다….
(날벌레는 어쩔 수 없이 몰래 잡기도)

잘 가라~

추락

슥   슥

모기는 명백한 해충이야!

왜 또 죽여요!!!

모기는 합법.

가끔은 아이들에게 부탁하기도 한다.

벌레 잘 잡는 사람 손---!

저요

저요

잡아주라….

끝.

교육이 끝나고 어쩐지 너덜너덜해진 선생님이었다.

얘들아 가자….

오늘 중요한 거 배웠네~

여러분의 생각 주머니는 건강하신가요? 끝.

여름 산책의 묘미는 텃밭 구경!
다양한 곤충과 식물의 성장을 관찰할 수 있고,
작물을 직접 수확해 보는 즐거움이 가득하다.

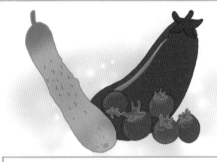

여름 작물로는 오이, 방울토마토, 가지… 그리고….

음…

애기 때

귀여워엉---!!!!

지금도 애기잖아 ㅠㅠㅠ

아주 애기 때….

얼마나 더 애기 때야! 끝.

그렇다...
아이들은 생각보다 ㄹ 발음을 어려워한다.
(특히 ㄹ 받침)

뿅뿅 뾰요용 싹이 나며는~
(뾰로롱)

초육색. 초육색. 옷을 입고서
(초록색   초록색)

파얀색. 노얀색.
(파란색   노란색)

모자를 쓰고~

아주 귀엽다.

ㅋㅋㅋ

랄얄야. 랄얄야.
(랄랄라   랄랄라)
춤을 추지요~

아이들과 펭귄의 공통점은 귀엽다는 것. 끝.

세간에 떠도는 이야기…

"유치원 선생님들은 머리를 참 잘 묶는대요!"

사례

편견

아니 글쎄~
유치원만 다녀오면 머리가
깔~끔하게 묶여 있어요!

선생님이
해주셔서~

1. 유치원 선생님들은 손재주가 좋다.
2. 손재주가 좋으면 머리를 잘 묶는다.
= 유치원 선생님들은 머리를 잘 묶는다.

기적의 삼단 논법

과연 그 소문은 사실일까.

지원이를 초대합니다~

예쁘게
해줄게용~

두근
두근

머리를 묶어보자

(아팠다는 사실은 시간이 꽤 지나고 알았다)

난 여전히 머리를 못 묶는다.

너무 귀엽당~

(2시간 뒤면 풀려서 방과후 선생님께서 다시 묶어주심)

유치원 교사들은 머리를 잘 묶는다.

거짓

각종 SNS에서 돌아다니는 머리 묶기 영상…

3분 만에 완성하는 여아 머리 묶기

#똥손가능 #등원룩

고양이 머리!

리본 머리!

쉬운 척 하지 마….
'똥손도 할 수 있는 머리 묶기'로 소개하지 말라고!!!

끝.

등원 직후

일과 중

끝내주는 하루를 보낸 어린이.

1. 겨드랑이에 밥풀을 잔뜩 묻힌 아이!

???

어떻게 한 거야

쭉쭉

덕지
덕지

+ 소매도 젖어있다

어떻게 된 걸까?

정답은!

냠

양냠

그만 먹고 시퍼여

멀리 있는 과일을 손으로 집다가

스-윽

턱을 괴었다.

짜자잔~

완성!

?몰라

(진짜 모름)

어쩌다가
여기 묻었어?

(비슷한 이유로 국에 담갔음)

직업을 잃은 선생님.

어린이들은 이해하지 못하는 고차원 개그. 끝.

아이들에게 반창고란 눈으로 보이는 선생님의 사랑! 끝.

사랑이란...

푸흐~ 웃겨 진짜

엄마 얘 좀 봐

(딱히 보려고 안 해도
갤러리 들어가면 내 사진보다
애들 사진이 더 많음)

(높은 확률로
주변 사람에게 자랑한다)

주말에도 너희 사진을 보며 미소 짓는 것

사랑이란...

이제 선생님 싫다 하려나

아이를 혼낸 날에 하루 종일 마음이 무거운 것

사랑이란...

...

뱃속에
아기가 들었나?

살이야

순수~

순수~

(억장 와르르)

화내지 않고 진실을 말해주는 것….

사랑이란...

선생님 공주 머리 해주는 거 맞지?

오늘 공주 될 수 있는 거 맞지?

맞다니까여~

기어이 내 머리카락을 내어주는 것….

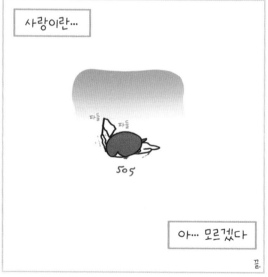

소풍을 마치고 돌아오는 버스에서 잠이 든 아이들

참 사랑스럽다

그리고 문제는···

난 얘넬 깨워야 한다

애들아 일어나

바야흐로 N잡 시대!

아이들이 아플 때는

나도 아퍼요

전치 3분의 부상이니 밴드만 붙여주겠습니다.

머리 아파요

정리 시간만 되면 머리가 아픈가요? 삐빅 - 꾀병입니다

의사, 간호사

아이들과 놀이를 진행할 때는

친구를 큰 소리로 응원하는 파랑팀에게 1점 추가~!!!

빨강팀!!!

꺄아아~~

힘내라!!!

앗싸!!

레크리에이션 강사

티키타카

외롭...

(5초 사이 늙어버린 선생님)

선생님 정말 예뻐요

어맛! 고마워~
근데 나은이가 더 예쁜 거 알지?

에이~ 선생님이 더 이뻐요

내가 생각한
대화는 이런 거였는데….

아잉

아잉

그렇게 선생님은 허상의 부자가 되었고

3분만에 오천만 원 매출

나는 부자다….

으하하하…

?   ?

꿀꺽꿀꺽   꿀꺽꿀꺽

아무도 알아주지 않았다.

물가가 오르는 이유… 중간 상인의 폭리. 끝.

판 뒤집기는 자기 팀의 색깔이 보이도록
바닥에 놓인 판을 뒤집는 간단한 팀 게임이다.

빨강게 빨강게

파랑게 파랑게

3살 아이들은 판 뒤집기를 어떻게 즐기고 있을까?

3살의 판 뒤집기

유형 3. 탑 쌓기 놀이 (유형 2의 변형)

보람!

뿌듯!

유형 4. 판 컬렉터

주섬 주섬

주섬 주섬

리안이가 다 가져가요!! ㅋㅋㅋㅋ

가 - - - 득

징검다리 놀이

판 컬렉터들

재밌으면 됐다! 끝.

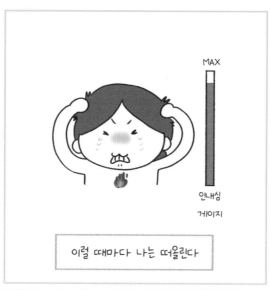

이럴 때마다 나는 떠올린다

얘넨 생일 파티를 3번밖에 안 해본 애들이다….

사랑이란...

와아 이번엔 눈에 반짝이 스티커를 붙였네?
예서 눈처럼 반짝거려~

따봉~

두근

두근

뚝같은 그림만 4장째

선생님의 칭찬을 자꾸자꾸 듣고 싶은 것.

사랑이란...

뒤에 장난치지 않고 오기~

꼬~옥

줄 맨 앞에 서서 선생님 손을 잡고 싶은 것.

사랑이란...

우와~ 선생님이 재윤이가 처음으로 김치를 먹는 순간을 보게 되는 거야?

이것 봐여...

부들 부들

선생님의 응원에 한 번도 먹어본 적 없는 김치를 먹어보는 것.

사랑이란...

예쁘지?

(무언의 따봉)

엄성~

서툰 선생님의 솜씨에 엄지 척을 날려주는 것.

사랑이란...

그냥 우리 선생님이 좋은 것!

이유 없는 사랑은 존재한다. 끝.

나희 어머니께서
보내주신 이 책을
읽어보았다!

(생애 주기에 따른 치아 개수를
알려주는 동화책)

…그래서
모~든 사람들은
형님이 되면서
이가 빠지고
새로운 이가
나게 돼~

나희도
(조금 일찍이지만)
좀 더 빨리
형님이 될 준비를
하게 됐어~

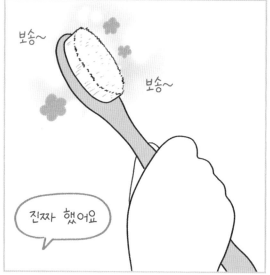

칭찬

그리고 선생님의 특권, 어린이들에게 칭찬받기! 끝.

bar

각종 자극적인 미디어 속

반짝 햇살 한 스푼
맑은 물도 한 스푼
마음속 심어진 나의 꿈

깊게 뿌리 내리어
멋진 열매 맺도록
조금씩 자라갈 거야
- (동요) 꿈을 꾸는 어린이

마음속 순수함을 지켜주는 노랫말,

일상생활에서 접하기 어려운 시적인 표현,

두렁두렁 흔들리는 물 따라
내 꿈 고이고이 실은 종이배야
하늘 바다 맞닿은 수평선 너머
내 꿈도 파랗게 맞닿을 거야

- (동요) 작은 종이배

세상을 다채롭게 바라볼 수 있는 눈을 길러주고,

아름다운 숲속에 작고 예쁜 도토리 ♪
풀잎에 가려서 보이지 않지만
바람에 실려오는 산새 노래에
멋진 참나무 되는 꿈을 꾼다네 ♫

- (동요) 도토리의 꿈

도토리를 단순
'가을 열매'와
'다람쥐의 먹이'가 아닌

커다란 나무가 되길
꿈꾸는 씨앗으로
볼 수 있다

이 시기에 느끼는 즐거움을 함께 나눌 수 있게 하는 동요가,

오-르락 내리락 ♪ (저 나무 기둥에서)
달리기를 하나 봐 ♪ (일등은 누가 할까?)

- (동요) 개미의 여행

아름다운 가사를 입에 담을 수 있는 동요가

행복한 웃음이 넘치는~

아름다운 세상 담아서~ — (동요) 숲속 풍경

사랑하는 친구에게 전해주고 싶어라~

참 소중하다고 느껴진다.

친구와 함께 하는 동요

은쨩이 추천하는 동요!

네가 있어 행복해　　꽃게 우정

함께 걸어 좋은 길　　　그네 친구

친구 되는 멋진 방법　　종이접기

꿈을 키우는 동요

넌 할 수 있어라고 말해주세요

꿈을 꾸는 어린이

동물, 자연과 함께 하는 동요

숲속 풍경

푸른 세상 만들기

네잎클로버　　개미의 여행

문어와 오징어

도토리의 꿈

연어야 연어야

달팽이의 하루

계절을 담은 동요

싱그러운 여름　　벚꽃팝콘

가을은

잠꾸러기 고구마

처음엔 이 방법을 사용하지 않으려 했다.

3, 2, 1···.

= 카운트다운이 끝나면
어떻게 되나 봐라
(뭔가 협박 같아서···.)

(유아교육과 새내기 시절)

어맛! 포장된 협박이잖아!
나는 '나-전달법'으로
소통하고 기다려줄 테야!

하지만 현실은···

5, 4, 3, 2···

(=5초까지 기다려주마)

현재: 인간 시한폭탄

재민아~ 위험해~
안전하게 내려왔으면 좋겠다

재민아~ 그건 위험한 행동이야

↓

한재민.

한재민. 내려오세요.

한재민. (마지막 경고)

겔
겔
겔
겔

↓

5, 4, 3, 2···

!!!

호다닥!

237

물고기 공장이 된 선생님. 끝.

축구 말고…라고 물으니 손흥민이 나오네….

아니 그보다 언제 그렇게 어른같은 관심사를 가지게 된 거니

악어를 제일 좋아하던 새싹반의 박성준은 어디 간 거야---

선탱니~

악어 장난감 더 사주세여~

전 열매반이거등요?!

아마도 난 3살의 너를 평생 그리워하겠지. 끝.

(그네 밀어주기 머신)

상처를 잘 보여주기 위한 아이의 배려심, 밴규로 발현되다. 끝.

흙투성이 병뚜껑...

이것은

누군가에겐

(있는지도 모름)

존재감 없는 쓰레기.

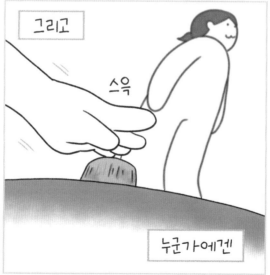

그리고

스윽

누군가에겐

보물….

하…♡

이 병뚜껑으로

개미집도 만들고

오호-

나갈래

개미야
들어가~

땅도 파고

(비효율적)

미니 케이크도 만들고

헥헥

(소풍중 대량생산)

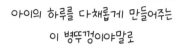

아이의 하루를 다채롭게 만들어주는
이 병뚜껑이야말로

진정한 '보물'이 맞는 듯하다

근데…

이걸 어쩐댜….

가져갈래여

나뭇가지

병뚜껑

비닐 조각

주운 탱탱볼

교실엔 안 가져갔으면 좋겠다….

(막상 가져가면 쳐다도 안 봄 ㅠㅠ)

아이들은 가방에 추억을 담는다. 끝.

기쁘다

여러 번 해도 결과는 같았다고 한다.

친구들에게 성취 경험을 제공하는 착한 아이. 끝.

1. 좋은 나뭇가지를 보면 설렘

아아… 이 적당한 길이, 굵기, 무게…

표면도 매끈해….

환경 구성에 쓰면 좋을 것 같은데….

(모빌을 만들면 예쁘다)

2. 가을에 자연물을 줍고 다님

도토리…   밤…   솔방울…

낙엽…   밤송이…

주섬…   주섬…

뭐 하는 거지?

???

3. 재활용품 수집가

만들기 재료다….

휴지심

요구르트 병

캬~

짠~

(재활용품은 훌륭한
만들기 재료가 된다)

물티슈 뚜껑

우유 팩

플라스틱 병뚜껑

4. 집안 살림살이 털어옴

엄마 소금 있어…?

자

그거 말고 꽃소금

또 어디 쓰려고~!!

쌀이랑 냄비도 좀 빌릴거…
쟁반도….

(출근길 보부상 완성)

으이그~

5. 아이와 부모를 보면 모두 학부모 같음

우리 반 학부모?!

움 찔

안심!

아 여기 유치원
근처 아니지~

이 외에도…

허리/무릎 통증 있음

핸드폰 사진첩에
절반 이상은 아이들 사진

지나가는 아이들 나이 맞추기

3살…?

모든 유치원 선생님들 파이팅! 끝.

맛있는 소리로 가득한 아이의 세상. 끝.

(어른들의 인권은 어디로…)

명확하게 의견을 밝히진 않았지만
가슴이 시키는 대로 '가능' 파에
조용히 한 표를 던진 선생님이었다….

끄덕…

오물…

안 돼!!

돼!!!

땅그지 선생님. 끝.

…집에서 말하려나…?

(엄마의 상상)

엄마 오늘 유치원에서
마이X 먹었는데
선생님이 땅에 떨어진 거
주워 먹어써

..?

재잘재잘재잘
재잘재잘재잘

윤민이는 안 된다고 했는데…
수정이는 3초 안에 먹으면 된다고 했구…

(인간 CCTV)

집 가선 말하지 않았으면…. 진짜 끝.

이후 두 명 정도에게 더 물어봤지만 소득은 없었다.

부쩍 종이접기에 대한 흥미가 높아진 4살 어린이들.

턴탱니 색종이 없써여!!!

딱지 접어주세여

저는 비행기요

우징어 비행기요

그 다음엔 표창 접어주세여

(종이접기를 도와줄 땐
다른 아이들을 거의 볼 수 없어서
예약이 많으면 참 곤란하다)

연주 혼자 색종이 다 써여!!

하지만 높아진 흥미를 손재주가 따라가지 못해
교사에게 도움을 청하는 경우가 많다.

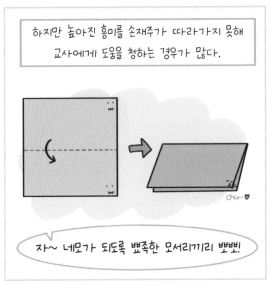

chu…♡

자~ 네모가 되도록 뾰족한 모서리끼리 뽀뽀!

- '종이를 반으로 접으세요'를 이해한 모습이다 -

결과물

다 했어여

(뽀뽀 실패)

(말문이
막힘)

알았즈

아니 택진아 선생님한테 알려달라 하고 딴짓하면 어떡해

흠칫

잔소리

선생님이 하는 거 잘~ 봐야지 나중에도 혼자서도 할 수 있게 되지~!

잔소리

네엥

....그래 찬진아

아직 산타 할아버지가 못 보셨을 거야
지금 그치면 늦지 않았어!!!!

....!!!!

마자

뚝.

(1초 컷)

시간이 흐른 지금,
수많은 '왜요'는

그땐 그랬지~

좋아하는 친구를
만나지 못한
아쉬움 때문이라는 걸
잘 알게된 선생님이다.

우리의 겨울에 따뜻함을 더해준 핫팩. 끝.

프러포즈

유치원 일화 중에는 프러포즈 썰이 참 많다

하하하
싸우지 마~

나는 선탱님이랑
결혼해야지~

아냐! 나랑 결혼할 거야!!

나는 남친이랑 결혼할 건데

유치원에서 일한 지 ⌒년,
난 한 번도 받은 적 없다. 프러포즈….

그림 해설
교사가 아이들에게
관심을 갈구하는 모습이다.

- 놀라울 만큼 그 누구도 관심을 주지 않았다 -

행복한 크리스마스와 함께 다가오는 헤어짐의 날.

마지막 날에는 모든 아이들을 한 번씩 안아준다.

오늘은 선생님 한 번씩 꼬옥 안아주고 가~

이렇게 작았었나, 이렇게 자랐나 싶고
평소에 많이 안아주지 못했던 것이 후회되기도 한다.
마음을 울렁이게 만드는 헤어짐이라는 말.

에고 수민이는 이사를 가서
진짜진짜로 마지막이네~

예의 바르고 똑똑하고….
어디서든 잘하고
사랑받을 거야….

커서 뭐가 될까 우리 이쁜이~

꼬옥

아니 너는 유민준!!!

눈물 쏙!

(엄청난 장난꾸러기)

그래도 민준이 덕분에 많이 웃었어~

형님반 올려 보내도 괜찮을까…?

토닥

토닥

20명의 아이들과 스쳐가는 20가지 감정들.

여느 때와 다름없는 평범한 하루가,
우리 반 20명의 아이들을 동시에 만나볼 수 있는
마지막 하루가 흘러가고

형님이 되어서 만나자~

이렇게 숨 가쁘게 달려왔던 2학기, 그리고 1년이 마무리된다.

많은 어린이들이 그렇듯,
나는 선생님을 너무너무 좋아하는 아이였다.

선생님... 완전 조아....

(칭찬을 위해서라면 영혼도 팔 아이)

어느 날 모둠 활동을 하던 중
선생님께서 '손 머리'를 시키셨는데

우리 모둠 아이들이 떠드는 것이 아닌가!

그저 억울했던 기억…

선생님의 자리에서 아이들과 만나 온 시간들로
그 눈물에 담긴 수많은 의미를
이제는 이해할 수 있게 되었다.

끝.

꺅 은쨩님

언제부터 유치원 교사를 꿈꾸셨나요?
계기가 있으신가요?

저도
유치원
교사가
되고 싶어요!

놀랍게도 난 학창 시절 유치원 교사를
꿈꾼 적이 한 번도 없다.

성적 맞춰 왔다….

뭐 세상엔 다양한 직업 선택 사유가 있는 거다

(솔직히 말할지
환상을 지켜줄지
고민 중)

유아교육과로 진학을 결정했을 때도
응원보단 우려가, 존중보단 조롱이 많았다.

관절이 그렇게
상한대~

애들 똥 닦아주는 거
4년이나 배워야 하나?
아무나 하지

오래 할
직업은 아니래~

하루 종일
애들이랑
놀기만
하겠네~

(다 실제로 들어본 말)

부끄럽지만 지금 이 일을 하고 나 역시
'유치원 교사' 하면 이런 이미지를 먼저 떠올리곤 했다.

아이들과 즐거운 시간을 보내는,
다정하고 친절하고 밝은… 그런 느낌

유치원 교사라는 일을 진지하게 생각해 보게 된 건
고등학생 때 유치원 교사를 꿈꾸던 친구 덕분이었다.

(아직 가지지 않은 직업을 사랑하며 말하는 친구의 모습이 빛나 보였다)

친구들이 모의 수업을 준비하는 모습을 살펴보며
단순한 놀이처럼 보이는 활동에도
학습자의 발달 상황을 고려한 교육적인 의도와
아이들이 올바르고 따뜻한 마음을 가진 사람으로
자라도록 응원하는 교사의 마음이 담겨 있음을 알았다.

처음으로 '유치원 교사도 괜찮은데?'라는 생각이 들었다.

유아교육은 '마음'을 자라게 하는 교육이다.
사회생활을 하기 위해 필요한 규칙과 예절을 익히고,
부모의 품에서 벗어나 크고 작은 어려움을 해결하는 과정을 통해
갈등 상황에 대처하는 법과 다시 일어날 수 있는 힘을 기른다.

그렇다 보니 결과를 눈으로 확인하기 어려우며,
학습자조차도 자라는 과정에서 해왔던 활동은 커녕
교사도 기억하지 못하는 경우가 태반이다.

눈에 보이는 뚜렷한 성과가 없을 때가 많아
'내가 잘 하고 있는 걸까?' 의문이 들 때도 있고
유아, 학부모, 동료 교사의 반응 하나하나에 흔들리기도 한다.

오늘 유치원 오기 힘들었구나~

으앙-
엄마 보구 시퍼-

잘 다니다가
왜 등원 거부가
생겼지~?

학부모님이 오해하시면
어떡하지…?

그럼에도 내가 이 일을 계속 하고 있는 건

내가 모은 은행잎 줄게요!

오늘 꼬마 도우미의 한 마디!

뭐든지 도와주게!

(도우미만 입을 수 있는 조끼)

작은 것도 나누고

잘 부탁해!

맡은 것에 최선을 다하고

똑같은 거 10개 만드는 중

이름 쓰기 초집중

작은 것에도 집중하고

작은 것 하나에도 세상을 다 가진 행복을 느끼는 아이들이 참 좋기 때문이다

송충이네~

선탠님!!!!

송퉁이!!!

송퉁이예요!!!

언제까지 이 일을 하게 될지는 모르지만,
지금 함께하고 있는 우리 반 아이들을 바라보며
교실 안에서 최선을 다하려 한다!

아이들과 함께하는 선생님과 가족들,
모두 모두 응원합니다!

나를 거쳐간 120명의 어린이들로부터
노력하는 작은 두 손에서 끈기를,
나눠주는 작은 두 손에서 기쁨을,
토닥이는 작은 두 손에서 사랑을 배우며

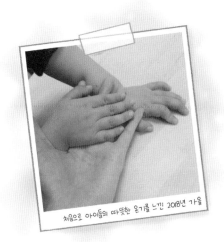

처음으로 아이들의 따뜻한 온기를 느낀 2018년 가을

2024년 겨울, 은짱 선생님이 쓰고 그림.

병뚜껑만 한 행복을 줄게

1판 1쇄 인쇄	2024년 12월 5일
1판 1쇄 발행	2024년 12월 18일

지은이　　　　은쨩

발행인	양원석
편집장	차선화
책임편집	김재연
디자인	정정은
영업마케팅	윤송, 김지현, 이현주, 유민경, 백승원

발행처	㈜알에이치코리아
주소	서울시 금천구 가산디지털2로 53, 20층(가산동, 한라시그마밸리)
전화	02-6443-8863
도서문의	02-6443-8800
홈페이지	http://rhk.co.kr
등록일자	2004년 1월 15일 제2-3726호

ISBN　　　　978-89-255-7419-6　(03810)